商品とゆめ

山田富士郎

砂子屋書房

*目次

雁かへるそら

永遠の夏

装本・倉本 修

歌集

商品とゆめ

雁かへるそら

歩哨と廃兵

心臓を夜ごとはづして寝るわれにちかづきてくる翼しろがね

くさ萌えて草丈ひくき原あゆむ五月は雉に恋する季節

洋館のうらの田の畦あゆみゆく雉をみてゐる猫は窓より

公然の秘密はイスラエルの核ヤハウェのごとく不滅なる核

恐ければ眼おほひて見ざること洗脳されて眼の見えぬこと

電話ボックス工場のまへに立ちてをり歩哨のごとく廃兵のごと

栗の毬ふみつつ斜面の泉へとみづ汲みにくるポリタンクもち

稲植ゑて十日ほどたつ水田をためらひののち雄の雉わたる

たちまちに雨は湖面をわたりきてわれわれはただ一度だけ死ぬ

兵士にはならずにすみし一生の輝くといふことはあらねど

津久井やまゆり園、19人死亡26人負傷

効率を追つてここまで来しわれらわれらの子供植松聖は

逆走車ポケモンＧＯを追ふ車ゴーストのごとく田舎にも湧く

性交によらずこの世に生まれたらよかつたのにといまでもおもふ

畠山豪いひたり海猫の卵を食はうぜオムレツにして

死ぬよりも老化がこはい女たち人は死なないとおもふ子供たち

猫の仔のごときものたしかに手渡さる夢のなかにて円位法師に

うらわかき脚に霰はうちあたりかたへの流れきよらなるかも

レールの霜を鉄輪はひき難民をこの手で抱きしめてといひたいが
霧のなかに丘の曲線みえはじめしばらくここで見つめてゐやう
漬物石みたいに残る雪塊をつれてかへらむと瞬時おもへり

佐渡島見えず佐渡より本州は見えざらむ午後の黄砂はげしく

蜜柑のはな咲きたるあさの耳ふかく時のながるるおとのきこゆる

耳鳴り狂詩曲

風車おほき国土は患者点滴スタンド百本分の愛をあげやう

この院はタメロをきく看護婦のおほくすぐ裏まで熊が来る

十万都市新発田の夜の光量は北朝鮮なら三位くらゐか

点滅にかはりし信号左折して救急車くる聖籠町《せいろうまち》の

九階の窓に巣をはる鬼蜘蛛のしぐれふりきてすぐに引つ込む

病院食量つつましく金目鯛の皮までも食ふボクサーみたいだ

十階の窓をよぎりしはやぶさを吾妻につたふ平仮名のみに

おしり洗つてもらつたと訊くをんなのこゑあたらしき神うまれくるらし

風向の東にかはる午後はやく鴉あらはれ遊びをはじむ

おこし嚙むごとき喜び病院に入院するとなにゆゑに湧く

新潟競馬場

ポプラの絮宙《わた》をとぶころ東西ゆうつくしき馬ここにあつまる

点滴液したたるおとを捉へたり端山へと雪おりてきたりぬ

ぱつとしない町にすみつき三十年ぱつとしないつて実はいいんだ

締め殺しの樹のごとき母日本には増殖したり五輪のころから

商業主義いなごのごとく侵入し食ひ尽すらしわれらの魂《たま》を

糞便つきし桃ながれくるゆめを見き廊下は川で釣をしてゐし

大鳥はおもひもつかぬやさしさに魂《たま》を啣へて飛びたつだらう

病棟の十一階の角に立つひと冠雪を見つめゐるらし

白鳥を十キロさきの凶悪な風車が轢断してもえ見えず

くろぐろとあけゆく山や耳鳴りは脈拍のおとに溶けゆくらしも

転送

海ちかき家はからつぽ鍵穴を雲にさがしてまだ癒えてない

うすれゆく枇杷のはなの香のピアニシモピアニシッシシモ闇にとけゆく

金星のかがやきつよく点滴の針痕星座のごとく残れり

落胆はゼリーにちかき質感に室内に充つプレジデント彼が

大仙寺にかつてゐし僧兵三千人茸のごとく消え失せしもの

鶏になつた気分だ歩く歩くショッピングモールを餌を探して

売却され十字架はなしルター派の質素なる教会歯科医院となる

北杜夫との友情のうるはしくもう読むことはなき辻邦夫

悲しみをただ一度だけわかちあふまつさをな海ふたつに割きて

横田夫妻をただ一度だけ新潟駅頭で見た

海岸に寄する無数のかずしれぬ波ことごとく助けてといふ

救世主待望するは病なり病なくしてわれわれはなく

われわれはあをき大気の底にすみ言葉を交す血をながしつつ

地球そつくりの星に誰もが暮らすのさ老年になれば転送されて

老人は少年に説くゐるんだよ毒蛇を食ふ無毒の蛇が

窓際に置きたるルーペの生みし火事さういふふうにはじまる戦《いくさ》

ヒポクラテス木下に坐して教へしとふ鈴掛に触れたしコス島へ行き

小田原提灯ほしとおもひしわがこころいささか江戸の世を恋へるらし

両腕を踊り子のごとはたたかせわかき内科医礼《ゐや》して去りぬ

茂吉なき晩年煦々《くく》とアフリカにゴリラ見てきし斎藤輝子

すきとほる銀行に預金をするらしき大瑠璃頬白鷦鷯《みそさざい》きて

瞬間は無数のちひさな瞬間のあつまり栗毛に触れたるいまも

台風のせまりくる夜に太つちよの貴族詐称者を読む（バルザック）

岩魚の跳躍

飯豊山は独立した山ではない。福島、新潟、山形にまたがる広大な山地である。巨大な岩魚が棲み、熊や羚羊は沢山いる。手付かずの自然の残る魅力的な山だが、逆に言えば恐い山なのだ。

赤啄木鳥《あかげら》か大赤啄木鳥《おほあかげら》のドラミング倒木おほき右のなぞへゆ

岩燕数百飛翔し堰堤のかたへに下山者をまつその家族

飯豊には熊多きゆゑ南部鉄もてつくられし鈴を買ひたり

ひとにあはず通りすぎたり山麓の焼峰《やけみね》集落人口十六

ダム湖まで降りねばならぬ夕刻の岩魚の浮上《ライズ》はじまるまへに

一升壜みたしし焼酎にしづみゐし蝮の眼ときにおもふも

雲はやく山を越えきて桜の葉もみあふおとのまだやはらかし

金色の尾

一族の写真のなかに農耕馬うつり鼻面なでられてをり

向日葵を抱きしめるみたいなたよりなさ日本国憲法ハグしてみたが

たちまちに紙を炎は食ひつくし不死は言葉のなかにすらない

風に砂ながるるおとに聴き入りぬ砂丘のうつりゆくおとこれは

かうもりはねぐらに帰りおだやかに夕食をはるは奇蹟のひとつ

武器商人国家の仕切る金食ひ虫国際連合は風葬がいい

新宿の雑踏に消えし金色の蛇の尾を追ひすぎし四十年

キューバ中央銀行発行三ペソの永遠に転落できないゲバラ

卓の上に雨ふるやうな沈黙も悪くない蛭の這ふ平和より

兜虫まひるの峡《かひ》のそらに浮きかつてここにもありし分校

肺の中に油蟬鳴くとわが伯父の言ひにけらずや肺病の伯父

鷺が重くてならぬと文句を言ひたれば十羽ほどとなりの榛へとうつる

きみもわたしも一瞬のなみ遺伝子の海にたまたまたちあがる波

みぞそばの花のゆるるは雌の雉雄の雉はあゆむ頭の見えて

毒毛虫枝をたをりてふみつぶす血のつながりの不気味不可思議

この秋は見ぬまますぎむ鯊を釣り大川端に立つ老人を

背広着て頭をさげし中年は刑事なりあすは鴨撃ちにゆく

ふりてきし雪ひとひらと青空にうかべる雲を視線はむすぶ

白鳥はつぎつぎにきて着水す珈琲にミルク入れますか、はい

幻のひと

虎つぐみまたの名ぬえは告げにけり夢の手入れをしておくやうに

死ぬまでに山芍薬のはなを見む聖書にはなきうるはしき花

ジン・ライムみたいなこゑをしばし呑む山のふもとの林のふちで

おほるりのこゑに聴き入るひとびとを幻とよぶ吾もそのひとり

六月はむらさきのはなおほき月賢き猫の骨拾ひせし

精力的になどといはれて一夜さに竹の花咲くごとく来るもの

素朴なる雀の飛翔をよろこべよ古米を撒けばまつすぐに来る

ふりそそぐひかりは秋でかぎりなく波は沖へと呼びもどされる

黒魔術

おほむらさき羽化を遂げたる丘陵を雨しろじろと訪れてをり

天の河のしたに立ちたる少年はいづくより来し遠眼鏡持ち

百舌ひくく榛の疎林をとびされり滅びの世紀をきよらに生きむ

この町に必要なのは欲望だ割れた瞬間の硝子のやうな

ベートーヴェンはやつぱりいいと小高賢言ひき苦しみの声とききたり

卵はも仮の形態葦叢へひかりをそそぐ恒星もまた
ヴェネチアにかすかに漂ふときく腐臭あらまほしきみのハイバリトンに
隣国が痰のごときを天に吐くたびに鳴動するのさ日本

黒魔術といはばいふべしぽこりぽこ茸のごとく空き家のふゆる

蟻餓ゐて書冊のあひをあゆみゆく飢ゐと若さはかつて不可分

漏刻を据ゑて待ちなむ幻視者の樵の森よりあゆみいづるを

念力によりて茶碗を飛ばさざり芸はなかりき日本の男

そちらでは滅ぶのは何送電線のこちらで死ぬのは集落と田

雁かへるそらにおとなく誰よりもたれよりもおそくものはおもはむ

漁民よあはれ

人類の滅びの仕度なのでせう世界遺産といふ変なもの

パルコまだ御洒落なビルでありし日のある朝硫黄の臭ひ漂ふ

春はやき新潟のゆきに傘をさす日本娘と英国娘

庭にくる白黒の猫三月もをはりの雪を薄明にふみ

ぢき沈む舟としか見えぬ粟島は意外にちかく海面に浮く

ラジオ消しコミック好きを自認する財務大臣の答弁を消す

平底の木造船に漂着し人民共和国の漁民よあはれ

橡の実のあまた落つるを背嚢に収めてわらふ老兵のごと

大鷭の動きすばやく餌を食ふ七種の鴨と白鳥にまじり

ホロコーストは神への供物みづからの造りし神に捧げしは何

九歳のときから宙を落ちてゐる蜜蜂の羽音たてながら今も

白鳥といつか一緒にゆくのでせう気がつくとはや翼をひろげ

ゴロワーズ

木犀の香のただよへる砂利道を猫もどりくる雀をくはへ

ガレージが縮んであなたの自己愛もちぢむの、北から白鳥もくる

暗殺者《アサシン》のごとくにしのびよつてゐる温暖化でなく寒冷化が

白鳥を食ふゆめこのあき二度目にて煙草すふゆめいまだ見ずけり

ゴロワーズがなつかしいのか煙草吸ふをんなが懐かしいのか不明

アラファトの暗殺疑惑の報道におどろかずわれ大根おろす

かりがねは大空に充ちこころざしみづから棄つるを転進と呼ぶ

明治の退屈

魅力なきことはなけれど飴色の京都はウィーンに似ていやらしき

宗教はロマネコンティのごときものおそらく普遍の原理ではなく

白鳥は白鳥をぢさんの撒く餌にちかづかざりき十一月は

百年後引喩となつてゐるのでせうあをぞらを飛ぶ蜘蛛の糸です

教団を創始することなかりけり聖なる無能者賢治、良寛

図書館の入口に立つほつそりとしたる青年ストーカーとか

ケーベル先生の作りしリート退屈なりされど愛すべし明治の退屈

新鮮な恐怖を贈与せむと来て大雀蜂殺されたりき

永遠をあとは待つだけ永遠のかひなの白きことはたしかだ

穂薄のきらめきを追へきゆうきゆうと鳴きながらちぢむ世界の中で

去年今年

海の上の巖に生ふる榧の木の巨木にとはの別れを申す

山葡萄庭にいろづく宿に読むルネ・デカルトのフランシーヌ人形

錬金術の工房にしばし主たりし小保方晴子夢を見てゐた

オリオンに今宵ちからのみなぎるをあふぎてをれば枇杷のはなの香

ポスターは去年とかはらず重要指名手配のなかに林と李と張

おもしろくなるまへに必ず引き返す県民性といへばさうだが

四等星の党首なれども敗戦の弁はよかつた海江田万里

北一輝半刻よめり鳥のこゑしたたる鉱山遺構にすわり

羽音

渡り鳥のごとく消えたりホテルセブン・エイトの老いたるフロントマンは

ラッパーをめざす少年ふたりゐて裏口の積雪ただいま五尺

頰摺りをしてゐし鴉つと離れされてゐし鴉ぢりぢりと寄る

ゆりかもめ眼の愛らしく落涙をしたらば在原業平の眼

電子辞書にとぢこめられし鳥のこゑ干物のごとしたとへば大瑠璃

暁闇に珈琲を飲みまちをりき純白の死の羽音をききて

塩町のあかり

てのひらにこぼす錠剤つめたけれ鉄塔のなかに沈むオリオン

車椅子押しつつのぼる複製のごとき二人の老いたる方が

不愉快なニュースばかりをもたらす国わたしが子供だつたころから

祈りたいのに祈れない倏忽《しゅっこつ》とそらにひとすぢ流星の疵

山の間の公衆便所にふゆをこす天道虫の楽しきごとし

壁面にかかる絵いたく汚れたり三十年ぶりにその下に坐す

永遠の食べ方などを聴いてゐる死者十一人のなかにすわりて

雨のふるたびに枳殻《からたち》の実は落ちてあなたのこゑに枯草の香

塩町のあかりにつかのまあらはれて七羽なりけり白鳥の群れ

砕石工場撤去されたる空地には足跡によれば羚羊《かもしか》もくる

あきあかねいまだ群れとぶ畦道を百キロをこす熊ははこばる

諸人は雪をまてども雲の底破るるごとくあめ落ちはじむ

レヴィ＝ストロース死にて死にせり葡萄の枝焚きたるごときよき香をのこし

勝木《がつぎ》

感電死とげたる蛇の記事を読み氷水すくふ金属の匙

いつのまにかあなたがゐない多羅葉は蟹座のかなたからとどくらし

野葡萄のフェンスにからむ駅をすぎ蛙のこゑは右側に湧く

心臓が蛾の羽ばたきの模倣して召されるのだらうわたしは夜に

白鳥を北へ北へとひきつれて去りゆく冷気海峡を越ゆ

馬鹿だねといはないけれどおもつてる二万年前からここに立つ岩

海に虹つかのま立ちき食パンの耳のごとき歌われはつくらむ

大き鯉もろ手にしづかに摑むとふ比喩もて達治は八一をとらふ

荒波のよせたる芥にひろひたる胡桃いづくの谷にか落ちし

鳴く鳥のすがたさがせばおほいなる榧《かや》よりしたたるしづくのひかり

きぞひとひ荒れにし海の賜物とあをさをひろふひとにあひたり

幻日ふたつ

ライナスの毛布みたいになりはてて忘れられない島倉千代子

鬼やんま街路をよぎり真昼間に町をあゆめば老人の町

空蟬に九月のひかりさしながら夏の空気の熱さはや恋ふ

壁の中のアンモナイトに手を触れてまばゆく笑ふイラクの少女

独裁者たしかにさうだが死してのち地上は暗しサダム・フセイン

金色にうねる稲穂の祝福にあらざるいまを何といはむや

パルミラの遺跡にいつかいつの日かあなたの耳の成熟を待ち

かすかにも潮の匂へる橋越えて土屋文明の弟子の家を訪ふ

はらばひの犬は尾をふるあふむけに流れ星まつわれのかたへに

竹林にのこるはだれに日のさせり藩の境をこなたにくれば

フロイトを信じぬわれのうちにある死の欲動をうたがはずをり

鰻狂斎藤茂吉のせゐならず日本鰻のかく減りたるは

みづみづしき皮膚につつまれし手は描く曇るガラスにエッフェル塔を

海のかた山のかたより飛びきては相寄るつばめ青空ふかく

喉くだるみづのつめたき一月の青空いたしチベット痛し

あひつげる焼身自殺の報道に痛むこころは切り離しけり

方向を変へてわれらのうへに来よ念じてをれば白鳥は来

みづからを烽火とするほかすべのなき人々をおもふああダライ・ラマ

「チューゴク」とニュースに聞かぬ日やすらけく幻日二つ空にならべり

無縁墓頭を寄せあへるあたりにはかすかにきぞの雪のこりたり

鰐皮の鞄――皮膚もてつくりしシェード世界は索引の総和ではない

この国は瘴気に充ちて空中を透明な蛭無数にただよふ

山峡にピアノをはこぶトラックを見しは泡沫経済末期

『東日本大震災歌集』に

みちのくの鮭を食ひたしとりわけて大槌川をさかのぼる鮭

白鳥の渡りにおくれひらきたる木犀の香のゆめを侵せり

新潟は雲うつくしき町にして坂口安吾風に去る雲

悪をなせはかなくうつくしき悪をドンペリニヨンの金色みたいな

房総の畑よりおそらく来しいなご地上百五十メートルの硝子のむかう

台風のひきつれてきし雨雲の夕のひかりに虹を生みたり

うつくしくまがれる河にかこまれて原野を夢みる水田の跡

権力世襲もはや三代目

バラク・オバマの電話を待つとふ発言を伝へるひとにキャスターわらふ

航空灯なまあたたかくすぎてゆき乗せるなら豚サイドカーには

春楡のはなを食ひたる山雀の群れうつりゆく防砂林へと

経常収支黒字のうちに死にたいね老人が言ひ青年うなづく

きさらぎの海にオリオン没し去りただしきことをなさねばならぬ

モンゴル系日本人楊海英を読む

朴や金を名のらずにすむ幸せは内モンゴルに行くまでもない

樹林葬に当選し涙こぼしをり七十二歳よ馬鹿馬鹿泣くな

焼成のすめば手遅れ精神を低温で焼くサブカルチャーは

やすんじて時代遅れとなれよかしまつすぐに降りてゆけ星宿へ

集落の消滅ちかきこの谷の長円の田に朴の葉のちる

ドアはもう閉ぢてしまつて横たはるジャニスの足首の青いひまはり

しろじろと貝殻敷く路ユートピアめざす男女はもうゐないのさ

踏みわけてちかづきゆけば慰霊碑を守るごとくに蝮添ひをり

銀河ステーション希望のごとく点りをり子供のころに読みし本には

アーモンド花咲く村

絶対にひとりの歌

フセインに十基の核を貸したまへしばし地上に均衡あらむ

預言者ムハンマドは天界でキリストと会った
アメリカの神はイラクの神でありわれの神でもあるは不可思議

ひとつかみ空に投げたる塩のごときらめく星に白鳥ねむる

携帯電話《ケータイ》を食べる怪獣空想し歳晩ちかき東京にをり

侵略を正義といひてゆづらざる心性はキリスト教国のもの

ガラガラ蛇のごとき声音のフセインと腐つたヨーグルトといふべきブッシュ

おおつひに海豚が軍事に従事するジョージ・フセイン、サダム・ブッシュ

国連幻想うちくだかれしを唯一の収穫とし記しおくべし

窪田空穂全歌集

空と雲の歌おほきかな戦前の東京の空すこやかなりき

田に深く不発弾しづむを知りながらうたうたひつつ水牛を追ふ

ベトナムの戦ひよりも悪しき夢みるだらう見る神ありとせば

基督の肉を食ひ血を飲む儀式より異様なるものイスラムになし

『悪魔の詩』の訳者の魂はいかに見るアメリカの殺すシーア派スンニ派

韮山をすぎたるあたり地をころげ犬の仔と子供あそびをりしが

天よりの導きのこゑにしたがひてスカッとさはやか殺しをぞする

問題は「国家」にやはり帰着して解法はなし至福千年

豺狼《さいらう》のごとき心をもてあますと言はば嘘だが四月の霰

パレスチナの民の恐怖を理解するアメリカ人のいくばく増えむ

「マック」と「ケンタ」死ぬまで入らぬと決めしよりアメリカの使ひし爆弾何噸

ディストピアのこゑのひとつとなるまでの過程を記録す狂ひながらに

夜桜のもとの車座うま酒に善き人は善き人をうちたり

頼りなきものとし親を知りてより星のかがやき深くなりたり

ホワイトノイズ絶えずささやきかけてくる首都のねむりの時に恋しも

村落の農家にやりし猫を抱き涙をこぼすゆめならなくに

ほんたうに言葉に香りはあるのですゆめよりさめて唇かわく

毒

坂道を神保町へとくだりゆく鳩兵といふ言葉はやさし

橋の上にゆきかひしひと幾たりか露人ふたりは傘を持たざり

イラク人死者三万をこす

スケーター壺のかたちに旋回し世界の毒をそそがれにけり

問題系磨滅するころ透明な椅子降りてくるあをきそらより

かはるがはる猫が匂ひをつけにくる桐の花咲くゆふべに坐せば

みづからの空虚にながくくるしみし年月を仮に青春と呼ぶ

ガレージのシャッターをあげ待ちてゐしつがひの燕もどりきたりぬ

人類

山葡萄ひとふさとりてわが町へもどらむかああくらき町へと

里におり撃ちころさるる熊どもがアメリカの横暴よりも気がかり

ポロネーズ老人の孫は弾きはじむ排泄物の処理をへてすぐ

死者をいたみアメリカの惑乱をよろこぶは回転扉みたいな事実

「真珠湾攻撃以来」といふのならバルフォア宣言以来も可なり

時雨ふる臨港鉄道の軌道こえ見にゆくハシシの取引き現場

牛肉を食はずなりしは猫用のビーフ缶やめし時に同じい

二〇〇一年十一月

月へかへりそびれたるごとき顔をして花山多佳子瓢湖湖畔に

氷雨ふる山峡に立ちおもふかな竹山広の洗礼名を

なにゆゑにヌード一葉神学校屋根裏にありし茶箱のなかに

「ナガサキ」とわれはいはねどＵＳＡおどろきやすき国となるべし

この家の印鑑となり半世紀いづくに狩られし象の牙なる

アメリカは少女アリスかアメリカに少女アリスの帰還はあるか

雪はつか降りたる夜より光年と呼ぶにはちかき距離おきはじむ

波音のテトラポッドにあらき午後さめやすきゆめ人類といふは

聖家族といまはいひたき牛と馬一員としてありし家族を

写し絵

雲間よりつきのいづれば雪渓のするどき角度額の上にあり

蜆貝異常繁殖する河の河口に落ちてアメ車うつくし

テロリスト死者のうちへは入れざるを非アジア的ととりあへず言ふ

みづからの時をささげてつかへむか木の葉のさやぎ沸き起るまで

麦酒飲みバス待ちをれば砂丘の墓地よりとどく葛の花の香

昭和初期の化粧方法まもりつつ老いたるひとと銀座をあゆむ

黴生えていたく老人を嘆かしむ耐火金庫の恩賜の煙草

知人よりもらひし猫の写し絵をため込みてああ老いむとするか

あなた（03・11～04・7）

妙なる軍われら育てつおほいなる氷柱《ひょうちゅう》を砂漠に立てにゆくとふ

鳩にパンまく異人去り停車場に警官の来る日本の夏

死者の絵を請はむとゆけばみぎひだり梨の人工授粉するひと

わたしのくに飛びゆく鳥の嘴のくはへし紅き実のうちにある

あなたにも封印ひとつあげませうおつこちてゆく飛行機の中で

あはれあはれ犬のみならず輪郭の老いて煙のごとくなれるは

狙撃手を撃てとささやき出てゆきぬ猫のトイレが汚れてゐるよ

自らの悲鳴に覚めることがある国家も夢を見ることがある

破損したモスクみたいに悲しいぞあなたの中にいつてもいつても

宇多田ヒカルが嫌ひと言つていいかしら埠頭に立てば幻のこゑ

城内を案内するひとカツ丼に桜花散らせるごとき訛に

室内にかなぶんは飛び病気だつたころのあなたがわたしは好きです

青白き火花をちらす愛国者ショパンをスカーフみたいに巻くのは

国家にも女男の違ひのありありて「男は女の影にすぎない」

夕焼けの匂ひの和声書きとめて挨拶に出る武満徹

航海はＳＯＳで一杯の耳のスイッチはオフですよオフ

水面に捕へられたる蛾のやうにあなたの中で苦しんでゐた

六歳のわたしを吸ひ込みそれつきり競馬場に立ちてゐしポプラの樹

角栄像われらにむかひ手をあげるさびしい駅だ夏の浦佐は

日本語をわれは愛せど汗のなつ国に欲情するひとのゐて

松脂の飛び散る音をききたいが道徳は不死夏の夜も不死

愛人としてではないがフーコーの禿頭一度撫でたかりしを

さあここで闇を交換しませうとたしかに言ひし二羽の白鳥

半世紀あなたの中に立つてゐた声が棺に変りはじめる

眠らずに愛撫しをりきとほからず死ぬ政党を瓢《ふくべ》のごとく

敏捷に青空をぬふ揚羽来て忠魂碑ある丘の上の樟

「夢のあとに」チェロで弾くひと弾きをへて「夢のあとに」を朗読するひと

椅子の脚に足をからませ人形に魂を吹き込みをり妹は

プレリュードさらふ音やみ杉の葉を踏みつつバキュームカー入りくる

永遠に病気の俺は氷床を汚物で汚すあなたを離れ

阿賀野の流れ

阿賀野川は猪苗代湖を水源とし、
新潟平野を横断して日本海へ出る。
イザベラ・バードは渓谷の美しさを賞賛している。

茫々とくにの境の山かすみ頬白ふりむく鵟《のすり》のこゑに

国有地立入禁止の掲示ありラブラドール来てアイヌ犬ゆく

川岸の泥をあゆめる蟹の上にかむさるばかり旅客機降り来

葦の茎つかみてうつる葭五位を大口径レンズ三つは追へり

かわきたる河口の砂に靴うもれひろひし鬼胡桃十九をかぞふ

三日前ふりにしあめに水面のふくるるままに海へ出でゆく

礫と銀貨

泡盛にするかといへりじやが芋の花のむらさき見えなくなりて

白き蛾は無数に木下に飛びまがひあゆめるわれのめぐりへは来ず

駅頭に雉の親子はあゆみつついづくもいづくもルーズソックス

考課表あさつてにせむ自転車の施錠解くおと薄暮にひびく

鬱然とこれの地に生ふるわがすがた空想せむとすれどはかなし

かはたれの田におりて鳴く雲雀らのこゑかしかましひだりにみぎに

昨年《こぞ》は稲ことしは豆を植うる田にひばりの卵鋤き込まれけり

超高層の代表取締役室のがらすをやぶる礫あるべし

火事のにほひのこる電話ボックスに和菓子数種を発注しをり

ある夜のゆめに

阿木津英をあやしみにけり大リーグボール養成ギブス着けたる

議論した中年五人悔いもなく太つた禿げた飲んだ朝まで

万巻の書《ふみ》は読まずて猫に出す食物に日々こころを砕く

桜咲きひゆるゆふべの窓ちかく小鳥のこゑは銀貨をちらす

ひざまづき祈れるわれを日にひかる氷山のごとく見おろすわれは

飯桐の葉にあめ降りいでつ藤沢にすみつつ遊行寺へゆかざりしかな

フランスパンちぎるごとくに北風の音を食べると書き添へにけり

聖

円いポストの底にしやがんでゐる子供子供のころは空想せりき

ＬＳＤ注入実験被験者となりにしひとのいみじきかなや

たとふればさよりのごとき手紙かな相次ぎてとどく佐渡島より

イアサント・ジャダンの名前くりかへし厨にをりつ蚕豆《そらまめ》を剝き

山蛭の降る森を抜け汲みにゆく紅茶を淹るるみづを泉へ

川底にまどろみをればつんつんと魚がつつくきみの乳首が

粥に塩ふりつつおもふヒトラーを選びしソーセージ職人カール

綱切れて逃走しゆく大凧をかぜは操る青黒き空

麦の芒《のぎ》のどに刺さりてありしかど黙しをりきちちが母をうつゆゑ

台風のちかづくしるし谷間の朴の樹にあり茹で卵むく

ひとところ月光くだく箇処ありて橅林のなかにおほよそは淵

日のひかりはやも翳れるビルの間に黒衣の女ティッシュを配る

こはきもの失せたるときに髪の毛を三つ編みにして死が立つてゐる

飯豊山こえて風ふくこの朝のかがやきは恒河沙のとんぼの羽に

木犀の匂ひのしるく浴槽のふたの上にねむる猫の兄妹

やすやすとテポドンは届く日本国憲法九条に戦後日本に

かなしみは古典に封じ超ゆるべし神無月ふかく自然薯を掘る

懸命に言ひわけをするこの人の口の中にも月光が射す

外を時雨ひじりのごとくすぎゆくとつぶやきつぶやき橅の実を煎る

樹々うつる尾長のこゑに外へ出でぬ基督降誕をたたふるべしや

イリイチの写真

ふゆぞらに天使あらはれ鳩に影ひとびとに飢渇あまねく配れ

みがかれし墓の側面にうつりたる雲うつくしく燃え落ちにけり

猫のきてしばしみつむる岸ちかき氷の下の緋の色の鯉

イスラム教徒ユダヤ教徒の遊ぶなりエルサレムの園に雪達磨つくり

フィリピンの生れとわらふ焼きたてのパンのごとしとおもふ日本語

スピーカーの押し出す音に触れさうコルトレーンは時代遅れか

複製といふのとコピーといふのでは微妙にちがふきみのことだが

きみの羽むしつてむしつて貧弱なこれは何だらう仄にひかる

ボトル手にほほゑむイリイチの写真を見クレメルの新譜あきらめにけり

白鳥をつかのま窓が切りとるも親指せはしなき人ばかり

妖精のごとかりしひと妖精の老婆となりて橋あゆみくる

ひかりつつ白鳥飛び来老人はこころの餓ゑをとりもどせない

みづからを銀で売るのはやめにしてオデュッセイアに贈る麦の穂

にらいかない

青春を詐欺にささぐる人生を葛のはな踏むごとくにおもふ

片栗の花粉団子をはこびゆく蜜蜂たちまち沢へ降りゆく

悪は世界に樹液のごとくめぐりをり耳押しあてよおほいなる樵に

三歳のときでしたつけねむる間に軍船増えてゐしおどろきは

イースターエッグを隠しし大人たちみな死して最後の審判を待つ

蝦夷たんぽぽ沢をぐるまの群落をぬけて見にゆく大鶺の巣

ロボットの介護に終はる人生は似合ふかもしれぬ上野千鶴子に

サイダーのごとくにどくだみ匂ひたち防空壕より冷気あふるる

練馬区に堅香子ほろび二年ののち練馬区に転入したり

記憶よりぬけゆく香り歳月を救ひとおもひ罰ともおもふ

民主主義国家は戦争をする国家のちの世の史家かく記さなむ

ふかぶかと民族の不幸押されたる書物をかつてわれら持たざり

よろこびをわかちあへない人にただミルラを献ず乳香は捨て

ランボーの枯木のごとき半生にみづみづしき枝梅毒に罹患

虚貝《うつせ》ばかり寄せくる浜に立ちにらいかないはこことおもへり

水田は茜のいろに染まりたり高空をとぶ燕の腹も

海上に粟粒のごとく浮く島に冬鳥を見む大陸よりの

白鳥よ

照葉樹林あるかむと入る半島に雪ふりて道しろくつづけり

おほぞらをひかる無数の糸に飛ぶ蜘蛛はすきとほる嘆声を生む

力あはせふたりの子供は池に放る殺めしおほき青大将を

月いでてほのかに樫の幹ひかる虎斑《とらふ》木菟《づく》狩りにいでたるならむ

星うつくしきこの集落のをがむとふ虚空蔵菩薩を格子より見る

猫を抱き御茶の水橋わたりゆく白髪かがやく元ジャンキーが

ララの眼とゆきちがひたり霏々とふる雪にであひしボルゾイ犬よ

闇ふかく追儺の豆を投げうつを足もとにきて猫の見つむる

家を買ひひとり郷里に帰り来しひとは死す十尺の雪にうもれて

潟の上をひとめぐりして北へ去る白鳥は白鳥よ冬にあひなむ

ノラ・ジョーンズつぶやくごとくうたひをり満作の花のごとくなつかし

雪は消えもぐらのもたげし黒土を踏みてちかづく湖の岸

一枚の田にせきれいの鍵をかけ飛びさりしのち春の雪ふる

かたはらに猫のかたちの空気ありよき香をはなち鳴くことはなし

空晴れてさむき弥生のゆきふれり飛びかふかもめの腹ひかりつつ

フェルマータの中に棲みたる漆黒の小鳥このごろ羽ばたくらしも

空中に痣のごとくに見えてゐしゲレンデたちまち黄砂に隠る

梅いまだ咲かぬ四月の馬下《まおろし》は濃霧五泉《ごせん》は霧のなかなり

頂の直下に湧ける泉ありそを見にゆかむ残雪を踏み

金星と月と木星ならびたり海ちかく灯す交番の上に

郵便のとどかぬ村

ひとしきり白鳥の鳴くこゑひびきブックポストに本を押し込む

屋上にふゆの富士見て安息をしばし愉みしビルまだありや

雨雲の垂れさがりくるにほひ充ち世界の悪に呑み込まれさう

人間の世界の不全に憤死する神ならば信じてもいいのだが

中東の難民をアメリカは引き受けよ血ぬられし手でせめてやさしく

アーモンド花咲く村に帰りたし郵便のもうとどかぬ村に

市役所のうへをすぎゆく精霊にさやうならをいふ隼あれは

梔子の木に這ひのぼり花咲けりかぼちや八月暑き八月

縄文の末裔のすむ沖縄の独立論もつともだとは思ふが

誰のつかねし花かわからず卓にあり青うつくしき鳥兜もすこし

真帆片帆まひるの海に散開し背徳といふ言葉も死にき

ほのかなる猫の匂ひを宙に嗅ぐ錯覚なれど秋はうれしき

日本人におけるハロウィンのごときものさういふものと短歌なり果つ

整形と漂白の果ての無惨な死マイケル・ジャクソン犠牲の小羊

学校をさぼりて砂丘に寝ころびし坂口安吾砂丘の子供

鉄塔に天こ盛りとなり飯粒のごとくこぼるる椋鳥のあき

電波さへ三日遅れでとどく島さういふ島にわたしはすみたい

若き星老いたる星と尾根に出で老いたる星は地球にちかし

永遠の夏

フォレをおもふ

山かげの火薬庫あとにであひたるかもしかわかくおそれをしらず

夕立の去りし野のみち銀の柄の傘くはへたるむく犬とあふ

ひとさらひの語にかすかなるなつかしさありとおもひぬ萱原をゆき

この谷に残土つみあげほろぼししむじなすげ大日陰蝶《おほひかげ》も滅ぶ

訛ある男の一団いづかたとなくあらはるる自然薯掘りに

ききやう咲くかたへの岩にやすらへるこのひとの体臭は擦文のにほひ

むせび泣く老人ふたり約束の地への旅程をたどりをへて

あをぞらにただにのぼりてゆくばかりこのけむりちちをやきたるけむり

預言者の書のごと妻は皿におくパンよりいでたる錆びし釣針

十字架の彫られし墓よりかへりきてアンカット装を切りひらきをり

このいまのこころよわりにべつたりとパスポートにある菊花したしき

伝達の行為のみある不思議さの少女ふたりをまひるにつなぐ

河面《かはつら》に白きともしびゆれながらユニセクシャルのこゑのよろしさ

岩波文庫の星にまもられねむりゐし玉田良夫のその後をしらず

三毛猫にあまえてすぐす五六分あさの海にあきのにごりはしろき

十年前の写真のならぶ本を閉ぢ星雲のごとき眩暈を鎮む

幕の内弁当のごとき報告書しぐれうつ窓辺にうちださむとす

身をくねらせくるしみにある毒毛虫しばし待つ葉裏より落ちくるを

OP・一一五
晩年にフォレは耳しひ晩年のベートホーフェンを呼び引用なしき

夜空よりひかりを抽出するごとし苦悩より汲む快癒のちから

あきおそき櫟林にふる陽光のなかにわれらのひとときはあれ

葡萄峠

雪により折れたる温州蜜柑の木検針員問ふ踏んでよろしいか

松茸のもはや生えざる松林ひろがる町と市と村と町

ピアノには海底よりも似合ふ場所いふまでもなく月の裏側

うたかたの生をあなたと生きませうスクリーンの中のをんなは誓ふ

独身に終りしアントン・ブルックナー残しし女靴三十数足

アーリントン墓地に働く馬たちよ馬には馬の天国のあれ

横田めぐみ攫はれたりしはこのあたりさらひしはある意味でニッポン

大川にちかく画材店ひらかれて百合鷗ときに見にくるらしも

金木犀ふたたび咲きてうすれゆく香りブラームスのコーダのごとし

落下する朴の葉宙につかまへて笑ふ子供は山麓にすむ

角田山のふもとのワイナリー

この土地でワインをつくるなんて無駄天使の犯罪といふことにせむ

ポプラの葉かぜにきらめき逃亡のひさしき殺人犯にげのびよ

鴨あまた飛び去りしのち老人のつぶやく老人ばかりになつた

食べるのは罪ではあるができるなら粘板岩でも食べて生きたい

青年を首都へと出荷するばかり雪のこるバス停の名、葡萄

榛の木の伐採すみし庭に立ちふりそそぐひかり痛しとおもふ

偸生の士と名のりつつわらへりき八十翁は山頂に座し

この路地に右耳のなき猫の棲み雌なれど眼が叔父に似てゐる

伝良寛筆の書わがいへに伝はれり正しくはわが家にもつたはる

尾をながく垂らせる猫はたかき枝にすずみて銀河くきやかに見ゆ

恋愛は不可視のごみといふひとと白玉善哉食べてゐるなり

すわり込み非常階段でねむつたが八月の粟島をすこし歩いた

墓石に銚子と盃彫りしひとかろやかに死を渡らむとせし

乳房雲

ウェッジウッド割りしは漆黒の猫にしてああなつかしき肉球の黒

人参の甘さにも似て雅歌はあり苛烈不可解なる旧約に

近時日本の特産でせうか淋しいから万引しましたといふ老人は

死ぬ日まで雀に米を撒くといひそれがいいといふ妻は夫に

桐咲ける谷の奥処のうるはしき小集落の消滅の跡

乳房雲の寿命はきはめてみじかしと図鑑に読みてまた空を見る

痴愚といふほかなき賛美を恋人のからだにささげし茂吉はよけれ

吹きぬくる風をきくため稲熟るる谷を見おろす椅子に坐るは

近時

うつりきし鬼蜘蛛の巣を木星は今宵もよぎる月落ちてのち

頂は雨雲に入るビルディング妻を呑みたりいつとし待たむ

スピーカー嬰児のごとくかかへゆく青年の引越し一町ばかり

月曜に営業しをる銭湯をさがしてあゆむは楽し吾妻と

東京に生きるもよけれ水面に浮きたる大き雷魚のごとく

先生と結婚したる女生徒を神隠しにあつたと少年は言ふ

近時短歌の玩弄さるるはＳＬの愛玩さるるに似て及ばざり

人呼べる枯葉軍団つどひきてけふもダンスに興ずるあはれ

野葡萄の実のうつくしきこのあたり残れる家に葬儀あひつぐ

廃線にいまだレールは残りゐてあたりに落ちたる胡桃栃の実

アイデンティティー

南仏にありにし父のふみにある蠍の緑の心臓を恋ふ

CDは疲れないから駄目なのでほら告天子《こくてんし》だつて鳴きやむ

くちづけをした後に言ふ中国にあなたも生まれてゐたらよかつた

ねむりつつするどく唸る猫よ御免ゆめの中へは入つてゆけない

あけがたのベッドにすわりドリアンを食べし記憶の方は本物

ひとたびも会ひしことなき児玉暁おもひて瞬時になみだ流れき

颱風の進行方向探らむとちちのみの父アトラスを出す

港湾にあをき潮みち中古車を積みて「東方を征圧せよ《ウラジオストック》」へ発つ

スタインウェイ六十七台並ぶから音階にさへ吐き気をもよほす

鳴くといふこけし持ち帰りわれは待つ髪切虫の出でくるを日々

ひとつだけ言つておきたい大食ひの機械に電気を食はせるまへに

大瑠璃にききほれ茫と立つひまにたちまち過ぎむ流行《はやり》やまひは

この秋の楽しきことのひとつなり浅間山の灰羽前に降りし

ネクタイを引つ張るのはよせＬＰを抱きしめながらの上目遣ひも

山葡萄踏み潰したのはわたしですいまも自分を納得できない

サンドバッグではない俺は珈琲の豆を挽くのみキスしておくれ

盆地にはチューブを搾るごときかぜ寝台特急カシオペア発つ

童蒙

新潟に帰りて二十年テレビジョン見ざりし二十年天を愛して

河口には紅のひかりなほ残りロシア船入り来椴松《とどまつ》を積み

空をさす尾のやはらかくうちあへりポインター二頭雪にあゆめる

東京へ来て何をする声を聴く氷のしたの気泡のこゑを

自らの娘を語るごとくにも老いたる厩務員葦毛を語る

「浦佐《うらさ》」はさあ逆から読むと「さらう」だと幼きこゑは同意をもとむ

枯れ草は雪に伏すことつひになく雉子《きぎす》あゆめり春となりたり

庭にある楤木数本プラトンを読みさしにして芽を摘みにゆく

崖の上にのこる平らは耕作を放棄し二年経たる田の跡

あふぎみれど樹は見えずけり飴坊《あめんぼう》の浮く水面に山桜ちる

鍬をもち耕すをみなこの畑を半世紀たがやし石残るとふ

日曜は海浜公園にあつまりてクリケットをするイスラム教徒

猫のため稲科の草を抜きをればいぶかしみ見る異国のひとは

国中の童蒙のあふ神隠しエレクトロンの繁りふかきに

この国を罵倒しながらみづからを腐つた無花果のやうに感ずる

老年は塩のごとくに輝くと説諭されをり古稀の男ら

ゆくりなく庭に生えたる月桂樹かしづきながらわれら老いなむ

灼熱の痛みをこらへ春雨のふる聖橋こえしもはるか

水琴窟のおとは幽閉をおもはしめ盆地に揚羽飛びはじめたり

朴のはなにほひ峠に会津びと戊辰の役の裏切りを言ふ

ゼフィルスを追ふ白髪のひとと逢ふ去年は弥平次沢にあひにき

＊ゼフィルスは森林に棲む蜆蝶の仲間。美しい蝶が多い。

楽園追放

垂線はかぜにたわみて降りてくる雲雀は弥生のあはき青より

飲みのこす珈琲ぱさと河にすて似顔絵書きは絵筆とりたり

頭上すぐる雲は本州縦断し漱石の墓にゆきをふらさむ

枳殻《からたち》のぬれたる刺のみづみづし淡雪たちまちやみたる街に

愛しつつモーツァルトきかぬとしつきを楽園追放のごとくおもへり

たちまちにノスタルジアの対象となるらしルーズソックスさへも

鏡像のよもつひらさか桃なげて鏡のなかに死んでゆくわれ

星空ははるへとうつりふるさとに悪は蜂蜜みたいに匂ふ

ＬＰの反り

殺すことあたはざれどもガスの火を閉ぢつつ殺す記憶がひとつ

街中に空気冷たきひとところ杉の木立に銀漢かかる

吊橋の通行禁止となるまでの日月猫を飼ひて飽かざり

ＬＰの反りを矯正する法とともにわれらの世代は消えむ

桐野夏生読むひとわかくスニーカー鶺鴒の尾のごとくにうごく

朴のはなひとの匂ひとおもふまで坐りをりたり閃緑岩に

銀色の耳鳴りやまぬ晩年をまてわれを待つミノタウロスよ

銀の視線

ゆるやかに岩山のふもとを巻く河はかがやく雪山のなほあなたより

おほとりをいくたび北よりむかへけむ辛きかな廃車手続きといふは

百万年おきてゐたいが臍の上にくちづけをすれば瞬時にねむる

豈たのしからずや異国へともどりわれを見すゑる銀の視線《シルバーブリック》

過越しの祭をすぎてレンズ豆煮る妻の踵を黒猫は噛む

デモクラシーかも知れないな百足百足百足つぶして珈琲を飲む

電脳を憎むにあらずこれの世の匂ひとひかりいつくしむのみ

新潟秋景

霞網張りて小鳥を捕へゐし結核患者いまぞかなしき

頁よりインキの匂ひたちのぼり飯豊山地を照らすつきかげ

稲の香の入りくる駅舎に青年の読む医学書のひもの紫

春楡のいたく黄ばめる葉のうへをあかとんぼ飛ぶ潮の香のして

実ははやも色づきにけり風かよふプラットホームのしたの野葡萄

四十年のむかしのごとく坐るかな淵にかむさる巌のうへに

山襞に柱のごとく霧わきて湖畔のポストいまだ乾かず

日本産鴇は亡びぬ鴇よりも異《くす》しき滅びをわれはまつのみ

子供には子供の憂ひ日本海見ゆる石段に来てすわりをり

月明きよるに飛びくる白鳥のこゑはつめたし露台に立てば

冬タイヤ転がしてくる少年は高校球児日比混血

青松虫といへどもあはれ街路樹の欅に最後のこゑの絶えたり

水中に摑む卵のなほ熱く空にひかれる候鳥の群れ

魯山人嗚呼

十二月半ばに蜻蛉とまりゐし家の白壁雪にうもるる

しづかなる真冬の海にたちあがり急くなと言ひし七尺の波

この谷をあゆむ一羽の白鷺はいづくのコロニーより来るならむ

街中にひろふ朴の葉しまりたる矢野時計店の裏庭より来

単純に怒るはこころよけれどもグラデーションにやどる真実

湯がきたる田螺を食ひてジストマに北大路魯山人死にしはあはれ

二条城一尺五寸の乳鋲《ちびやう》撫で母をしのびし魯山人嗚呼

国豊かになれば出家者減るといふ祈りはこの世を支ふるものを

陽光に携帯ラジオあたたまりチューニング狂ふ林檎の枝に

ミツバチは蜜蜂ブナは橅と書け「フクシマ」の表記に怒るまへに

象をナイフで刺す夢なんで見たんだろやすやす刺さつてさびしかつたな

金色の夏

あをぐろく山は聳えて木草のみものいふひるや颱風ちかづく

水平に日のあたる幹はなれたるひぐらし蟬の羽の閃き

地下水のうごきを岩に聴くごとく會津八一の悲しみを追ふ

時雨にはかをりがあるが東京に降るのは冬の雨足す埃

スローガン卒塔婆のごとく並びたる頭の中が見える気がする

正義のはなしはもういいのです土深く燕を埋めてやりたいのです

蟬をとらへ仔にあたへたる母猫の眼の金色の永遠の夏

ウサーマ・ビン・ラーディン
水葬をわれは疑ひともどちは信じどのみち米国嫌ひ

頑是なき問ひとおもへどこの猫のうつくしき魂《たま》はいづちゆくらむ

かすかにかすかにひびくシンバル悲しみのみなもとにもう悲しみのなく

最後に出発するもの

元日の朝に読むはくきやかに須恵器にのこる猫の足跡

新しき穴を心にあけなさい天使と悪魔の通過のために

傍点は著者によるとありこの場合著者とはアドルフ・ヒトラーである

つめた貝のごとき国家がすぐそばにあると警告されゐしものを

背をくだる汗のしづくの気味悪く照準さだめられてゐる国

この夏に生まれし燕ひらひらと唐黍の穂のいろづくを越す

食卓を家族で囲むのが恐いきらきらひかる釘が降るので

犬の糞みたいなイトカワとわらへども未来永劫踏むひとぞなき

天の河けむる八月スイングをせむとあつまる老人四人

五十年帰つてこない馬をまつつめたき水を桶にみたして

連合艦隊旗艦三笠は老いふかく囚はれてをり明治の御代に

走りゆく回転木馬たのむから一頭くらゐは逆行をせよ

漱石さん子規さん日本蜜蜂さんわびしくむなしき国になりたり

雪のごとつもりてゐしをすくひたり半世紀むかしの馬券をゆめに

この国につひの狼死にし日をしばしばおもふ町あゆみつつ

アフリカを最後に出発するものを祝福せよそれが死の天使でも

馬を駆り恐怖のうへを駆けぬける夜から夜へわたしは灰だ

商品とゆめ

ローソンに雉子《きぎす》弁当買ふはゆめ妻と入りゆくローソンも夢

バウリンガル嚀に聞けどいまだ手に取らず犬語を解するわれは

蟬のむくろラケットにうつ少年のあかるきこゑは木下にひびく

煙草の葉ひろがる畑に月いでて元来まぼろし父はまぼろし

いまはもうエポケーの時、綺亜羅《てぃあら》、絆《はあと》、玖瑠《くうる》、天使《みかえる》、剣《ぶれいど》、清文《せぶん》

洋酒屋の新聞広告に髪黒き玉城徹がいでたりしころ

電子村抜けよといへば投石が恐いといらふ甲冑を着よ

卵殻に穴をうがちて吸ふは誰アニメを見つつ老いてゆく生

鯨殺す日本にみたび原爆を落さむといふ声のきこゆる

基督は牛を殺すをよしとして勇魚は不可と言ひたまふとか

あたたかき雲の浮かべる上州の住人きみに女の子生まるる

眼がでかくやたらと脚が長いけどアニメの女男は子供を生まず

坐礁した白き鯨がをりますよイオン新発田店駐車場には

良寛の線にはたしかにゆきがふり雪ふるみちを歩いてくるよ

胴張りといへばいささかがつかりでなぜありがたいのかエンタシス

木枯のふくそら高くすばるあがりすこやかなりし清少納言

良寛を良寛様と呼ぶひとは越山会の古参会員

魂を掏られてしまつたあのひとがサイババみたいな真似をはじめる

ジャズ喫茶デューク盲腸のごとくにて雪ひひとふる石川小路

捕鯨船に乗る日本人は殺されるだらうかアボリジニのごとくに

われわれは何の後ジテ百年後東京ディズニーランド《TDL》の廃墟に出るよ

いつのまにか信念の人に分類され絶滅危惧種第二類に入る

雲の穴たちまち閉ぢて戒律に守られてある人々を恋ふ

スプレーに大麻合法と書かれたる今井作蔵商店宮内倉庫

神隠しなき世はむなし幼年の青空がない悲しみがない

かぐはしきゼロ

葦の間にみづはきらめきみなかみの山の上にそだつ積乱雲は

七尾湾しろくあわだち夕暮のあめはたちまち湾をかくせり

アメンドーの花の香のする神の口とはにひらかずなにゆゑに恋ふ

陸ふかくのこる砂丘の頂にまてる欅の千二百年

桐の樹のかたへに立てる十分はあたたかし朴との十分よりも

菱の実のとげはするどくゆめを刺し机のうへに年を越えたり

胡桃とはいはないけれどピスタチオみたいな本をこじあけてゐる

山中にかかれる橋のたもとにて蛇の衣をひろげてをりぬ

出入りする雀の多し夕焼けの占めたる峡の屋根瓦より

もうごめん家族は御免と無花果の樹より摘みとる妹や母

丘の上にのぼれば耳のかたちなり入江を緑のさざなみ走る

かぐはしきゼロこそよけれ海から海あなたからあなたを引いたやうな

後記

『商品とゆめ』は私の第三歌集にあたる。前歌集の『羚羊譚』から十七年も間隔があいてしまった。五年ほどで次の歌集を出すつもりでいたのだから、自分でも意外な成行きというほかない。

『羚羊譚』刊行の翌年、予後のよくない眼病（黄斑円孔）を患ったのが第一の躓きかもしれない。失明を覚悟したのだが、幸い新潟大学の名医の執刀を得て、今も何の不安もなく高速道路を走っている。若干の後遺症はあるが、例外的な回復だと複数の医師に言われ、そのたびに執刀医に対する感謝の念を新たにしている。

視力が回復して、以前にもまして、野鳥や野や山の植物、昆虫などに注意を向けるようになった。バードウォッチャーとしては三流を出ることはできそうもないが、鳥を見ることには不思議な喜びがある。そうこうしているうちに六十代も後半である。今のところ健康だが、この年齢で死をまったく意識しないのは楽天的にすぎるだろう。で、歌集を出すことに決めたのはいいが、なにしろ十七年分の作品がたまっている。ばさばさ削ったが、とうてい一冊には収まらない。総合誌等に発表した作品に所属歌誌「未来」に発表した作品を加えて何とか恰好をつけたが、「未来」の九年分にはまったく手を付けることができなかった。

三十年前にUターンして住みついたのは郷里の新潟市ではなく、東へ三十キロほどの新発田市である。近いといえば近いが、二つの町はいろいろと違う。ろくに雪が降らない新潟に対して、新発田はけっこう雪が積る。港町であり町人の町だった新潟に対して、新発田は城下町（堀部安兵衛の出身地）である。言葉も東北弁であるし、人々の気質もずいぶんと異なる。正直なところ、私には異和感のある土地なのだ。けれども今では、異和感そのものを楽しむようになってきている。どうやら、土地と和解し、土地の精霊の声を少しずつ聴き取ることができるようになりつつあるような気がする。この時代にたまたまこの場所に生きていることには、全然意味がないわけではない、と思えるようになった。歌にもそうした変化がいくらかは反映しているだろうか。

土地と和解などと書いたが、今もしばしば、文化果つる地などと呟いてしまう。もっともこの点においては、故郷の新潟市も五十歩百歩だとおもっている。さらに言えば、文化果つる地もこの時代を生きるには決して悪くない、と考えるようにすらなっている。

三年前に亡くなった西洋思想研究者（いわゆる哲学者）の木田元は、文学についても広い教養の持主だった。木田によれば、同業者の徳永恂と酒を飲んでいたところ、店の名前の連想から徳永は、斎藤茂吉の「赤茄子の腐れてゐたるところより幾程もなき歩みなりけり」の一首を口ずさんだという。木田は「やっぱりなァと思った」のだそうだ。やっぱり、というのは、親友だった生松敬三をはじめとして、同世代の友人たち（木田は昭和三年生れ）は皆そうだったというのである。これには軽いショックを受ける。

徳永、木田、生松、この三名の西洋思想および文化一般に関する研鑽の深さについてはわざわざ断るまでもない。西洋にどっぷり浸って生きたとしか思えない。ところがその人々が、愛好する詩歌を暗唱することができる。こうした習慣は私達の世代ではほぼ死に絶えている。徳永や木田の世代の消滅は、ただに愛好する詩歌を暗唱できた世代の消滅ではなく、日本人における詩歌の凋落と、感性の変化そのものを物語るものだ。まったくもって消費資本主義の作り出す時間の流れは早い。

人間のための経済活動であるはずが、経済活動のために人間が存在しているような社会では、新しい商品が次々に出現する一方で、古い商品はひっそりと消えてゆく。ＩＴ時代においては、商品は物体である必要もなくなりつつある。私はオペラが好きだが、この三十年の間に記録媒体は、ＶＨＳ、ＬＤ、ＤＶＤ、ＢＬＤと移り変り、今やインターネットである。商品そのものがすぐに古くなるだけではない。商品の消費者であるわれわれ自体が、すぐに古くなる（陳腐化するのだ消費者も）。商品と違って、廃棄されないだけましであろうか。

こういう社会では、短歌もまた、救いや慰めのための詩であることをやめ、ビジネスチャンスの一つとなる。表現者としての野心はあって当然だが、その方面の野心と、ビジネスチャンスを捕えようとする野心が、妙な形で癒合しつつあるようにおもわれる。

資本主義と芸術の関係について分析した論といえば、ベンヤミンの「複製技術時代の芸術作品」と、ホルクハイマー／アドルノの『啓蒙の弁証法』の「文化産業――大衆欺瞞としての啓蒙」が思い浮かぶ。ベンヤミンが牧歌的に思え、ホルクハイマー／アドルノですらいくらかそう感じられる社会にわれわれは暮らしている。

『商品とゆめ』という歌集の題は、第二歌集を出してそう間のない頃に決めた。内容となる作品がほとんど存在しない時に決めたわけだ。歌集刊行によって、やっと「ゆめ」の一つが実現して嬉しい。

読んでいただければわかるように、歌集の中には猫がちらほら出没する。我が家で飼っていた六匹の猫たちと、今も飼っている一匹の猫がモデルである。今は亡き六匹の猫たちにこの歌集を捧げたい。

長い間辛抱して待ってくださり、励ましてくださった田村雅之さんには感謝の言葉もない。田村さんは、御会いするはるか以前、おそらく一九七二年頃から御名前だけは存じあげていた。吉本隆明、村上一郎、桶谷秀昭といった批評家と縁の深い編集者としてである。合著の『昭和短歌の再検討』と現代短歌文庫の『山田富士郎歌集』でも御世話になったが、歌集の単行本は初めてである。とても嬉しい。どうもありがとうございました。

二〇一七年九月十八日

山田富士郎

山田富士郎　既刊歌集一覧

『アビー・ロードを夢みて』一九九〇年（雁書館）第35回現代歌人協会賞

『羚羊譚』二〇〇〇年（雁書館）第6回寺山修司短歌賞、第1回短歌四季大賞

現代短歌文庫『山田富士郎歌集』二〇〇五年（砂子屋書房）

商品とゆめ　山田富士郎歌集

二〇一七年一一月一五日初版発行

著　者　山田富士郎
新潟県新発田市御幸町三―一一―一四（〒九五七―〇〇五七）

発行者　田村雅之
発行所　砂子屋書房
東京都千代田区内神田三―四―七（〒一〇一―〇〇四七）
電話　〇三―三二五六―四七〇八　振替　〇〇一三〇―二―九七六三一
URL　http://www.sunagoya.com

組　版　はあどわあく
印　刷　長野印刷商工株式会社
製　本　渋谷文泉閣